물의 끝에 매달린 시간

실천시집선 302

물의 끝에 매달린 시간

2022년 12월 05일 1판 1쇄 찍음
2022년 12월 15일 1판 1쇄 펴냄

지은이   성영희
펴낸이·편집장   윤한룡
디자인   윤려하
관리·영업   이소연
홍보   고 우

펴낸곳   (주)실천문학
등록   10-1221호(1995.10.26)
주소   남양주시 퇴계원읍 퇴계원로 52 405호
전화   02-322-2161~3
팩스   02-322-2166
홈페이지   www.silcheon.com

이 책은 2022년 인천문화재단 창작지원금을 받아 발간되었습니다.

물의 끝에 매달린 시간

성영희

제 1 부

목어   11

각주   12

물의 끝   14

물소리는 귀가 밝아   16

장마   18

특효를 낚다   20

열대야 소고   22

몸의 전언   24

뻘배   26

식은 꽃   27

준비 자세   29

불꽃의 속도   31

명륜   33

못 박는 나무들   35

제 2 부

간다, 라는 말   39

명줄   41

갈퀴   43

운문사, 비밀의 숲   45

간월암   47

어쩌면 좋을까   49

뒷모습을 접다   51

북향집   53

새의 뭉치   54

환풍   56

한밤의 마을   58

교차로   60

우마사다리의 귀가   62

타워크레인   64

제3부

희망 번지   69

클립   70

북적거리는 달 밑   72

저지대   74

염원   76

벚꽃 엔딩   77

벚꽃 편지   78

카페라떼   80

산양   82

정서진 연가   84

묘약   85

손가락 지휘   87

나의 책장   89

시인 신달자   91

제 4 부

자작나무 숲으로   97

바람의 집   98

말의 감옥   99

빨래집게   100

수국   102

대추   103

오월 용문사   104

탑   106

감자꽃   108

배번   110

숨은 방   111

어떤 연보   113

둥근 힘   115

폐가의 봄   116

해설   119

시인의 말   136

제
1
부

목어 目語

언제 한번 이렇게 오래

너의 눈을 들여다본 적 있었던가

눈동자 끝까지 가서

아득한 대답이 담긴

깊은 호수를 만난 적 있었던가

각주

바다를 향하여 각주들이 달려 있다
표류하듯 떠 있는 문장의 귀환을 기다리다
녹이 슨 것들은 붉은 해가 된다
붉다는 것은 간절하다는 것
파란 종이에 둥둥 떠 있는 문장들을
저기 묶어두고 싶다

무게가 없는 습성들은 쉽게 가라앉지 못한다
물과 바람결이 섞여 만들어진
새파란 바다 한 장,
둥둥 떠 있는 문장들로 지중해 모래알을 읽고
수천 킬로 협곡에서 미처 빠져나오지 못한
바람의 발을 거든다

물속에도 쉼표가 있다
잘못 건너뛴 물의 뼈가
수평을 뚫고 솟아오르는 것은
바다의 중심도 흔들릴 수 있다는 것

무수한 포물선이

순간, 각주에 묶인다

떠오르지 않는 짐작 하나가

침몰 한 척을 품고 있다

가라앉은 것들의 이름을 불러 보는 동안

또다시 부유하는 몇 개의 인용

빈 각주에 묶어 둘 출렁이는 물결이 내겐 없다

진한 잉크 냄새만

시동始動으로 남을 것이다

물의 끝

물의 끝에서 시간은 시작된다
세상의 물줄기 그 끝에 매달려 있는 동굴의 시간
한 방울 물이 빚어낸 무수한 파편들 뭉쳐 있다
지금까지의 무한 초침이
캄캄한 동굴 안을 순筍의 왕국으로 만들고 있다
제 몸을 끊고 울리는 몰입으로
또 하나의 뿔을 만드는 완고한 단절
저 단파短波의 소리들이
웅숭깊은 받침 하나를 만들고 있다
좌대를 만들고 그 좌대 위에서 물이 자란다
끊어지고 부서지는 소리들이 키운
단단한 기둥,
물의 미라가 동굴에 순장되어 있다

뾰족한 짐승의 울음소리가
동그란 파장으로 번지는 동굴 안
한 줄기 빛이 물방울에 걸렸다
물의 끝에서 시간이 다 빠져 버리면

세상은 잔물결 하나 없는 대양이 될까

시간이 물로 돌아가는 회귀의 방울들
일 센티 종유석에 천 년이 살고 있다

물소리는 귀가 밝아

폭염 속으로 계곡이 몰려온다
밤 깊어 잠결로 들어온 물소리는
발끝에 첨벙거리는 구름을 데려왔고
오르막과 내리막이 한 물길로
합쳐지는 소리를 데려왔다
물의 본거지는 얼마나 고요한 곳이기에
쉬지 않고 쏟아지는 소리들을 흘러보내나
머리맡을 지키던 별들도
새벽에야 이불을 말아 자리를 떴다

물의 순서가 뒤집힌 지난밤
어느 악몽에 떠내려온 신발인지
다 헤진 구두 한 짝
계곡을 가로질러 돌멩이에 걸려 있다
먼 마을의 남자가
낯선 물길까지 찾아와 길을 놓쳤다는 이야기가
퉁퉁 불어 이름마저 놓친다

후두둑후두둑 새벽 비 돋는 소리

물소리는 귀가 밝아

청력으로 범람한다

어떤 소리가 저렇게 무성해져서

저희들끼리 입을 만드는가,

흐르는 물에 발을 넣어 보면 여름이 차다

문득 잠에서 깨면

조금씩 새어든 물이 요의를 일으킨다

장마

비 내리는 강가
청둥오리 한 마리 머리를 박고 연신 자맥질 중이다
뒤집힌 강물 속에서 무엇을 솎아낸 것일까
아름다운 지느러미와 꼬리들을 삼키고
물갈퀴마다 꽃이 피는 지금은
산허리도 부푸는 장마철
물이, 물의 것들이 날아올라 풀숲에 든다
물이 쏟아지는 철인데
날아가는 물이 뭐 대수롭냐고, 굵은 빗줄기에
울음의 곡을 붙인다

저 장마의 바깥에는
염천炎天 들어앉은 마음들이 또 몇이나
물속을 뒤지고 있을 것인가
빗물로 와서 강물로 흘러가면 그뿐인
그러나 마음 한번 독하게 먹으면
세상도 발칵 뒤집고 마는
작은 빗방울들

슬픔이란 범람과 혼탁을 거쳐

강물 속같이 투명에 이르는 일

쏟아지는 수억만 개의 과녁을 다 받아내고

짧은 파장으로 다시 잦아드는 일

퉁퉁 부운 이름들만 물안개처럼 떠도는

비의 계절을

자맥질로 뒤지는 오리들

특효를 낚다

꼬부라진 바늘 끝에 낚시의 특효가 걸려 있다 나의 특효
는 달리 먹는 마음 지금부터 당신은 멀리 던져진 미끼다 바
늘에 꿰인 시간들을 건져 올리는 동안 수면으로 떠오르다
사라질 몇 번의 입질을 나는 아직 사랑할 것이다

미동을 믿은 적 있다 가장자리를 품고 더 많은 물결을 견
디는 일이 당신을 사랑하는 일이라 생각했다 새들은 발자국
을 남기지 않았고 흐트러진 수면을 수습하지도 않았다

세상의 특효에는 다 병이 붙어 있다 저무는 해의 지병持病
은 지평선 끝에 있는 노을, 저녁의 병에겐 몰락 만한 특효가
없다

누군가 서쪽 하늘에다 바늘을 찔렀다 웅크린 노을이 거뭇
거뭇 번져 나온다 부작용이 없으며 비교적 빠른 효능은 바
늘만의 장점이다

내 손톱에 달이 산다 달집을 따면 눈 하나 까딱하지 않고

번지는 노을, 몇 번의 헛손질 끝에 미끼만 떼인 바늘을 보면
서 꼬부라진 것은 절대 삼키지 말라는 특효 1항을 정독한다

열대야 소고

천변을 걸으면 곤충들의

속옷 바스락거리는 소리가 들린다

망치 소리 하나 없이도 밤마다

춤추는 도시를 건설하는 강물

더위의 혈통은 물의 뿌리인가

기록적 폭염은 먼 옛날의 여름 몇 개를 가져와

긴 천변에 뒤척이는 소리들만 풀어 놓았다

조그만 수족관에서

인공 수초들 사이를 유영하는 열대어처럼

폭염과 열대야 사이를 횡단하는 나는

어느 변방의 뒤척이는 잠인가

열대야에 내몰린 잠을 쫓으며 천변을 걷다 보면

내 몸 어디에서도 작은 유충이

저 먼 별처럼 꼼지락거리며 살 것만 같다

무거운 태양의 한낮이

여전히 밤의 근처를 배회하는 한여름 밤도

먼 우주에서 내려다보면

촘촘히 나는 반딧불이쯤으로 보이지 않을까

치솟는 열기에 야금야금 타들어 가는 소리들

별들도 목이 타는지 기침 소리 잦다

몸의 전언

바닷가 바위틈에 폐타이어 끼어 있다

무늬도 잃은 채

무장하듯 온몸에 굴 껍데기 덮어쓰고

바위인 양 숨죽이고 있다

누군가 달려온 길의 흔적을 묻고 싶었던 건지

마지막 생을 다하여 뛰어든 건지

다닥다닥 붙어 있는 하얀 패각들

마모된 몸을 의지해 핀 꽃이 쓰리다

제 살타는 냄새 역겨운 질주도

울컥울컥 멀미 나는 비탈길도

돌멩이처럼 견뎠을

내 아버지 같은 동그라미

하필, 더 이상 달릴 수 없는 곳에 굴러와

몸소 수장되다니

파도 타고 달려든 망둥이 한 마리

제집인 줄 알고 지느러미 접는다

한숨 한숨

물 호흡으로 깨어나는 꽃 무리

무슨 말을 하려는 듯 배꼽 달싹인다

죽어도 다시 사는

저 비릿한 몸의 전언

뻘배

　파도를 밀고 간다 개펄에 굴러야 사는 뻘배들, 출발선은 노련하다 노도 없고 돛도 없는 배밀이 항해, 갯벌을 파면 수천 개의 입들이 뻐끔거린다 열리면 길이 되고 닫히면 집이 되는 갯벌의 문들

　한쪽 발을 뒤척일 때마다 노 젓는 소리가 난다 잠자리에서 조차 뻘을 밀고 나가는지 끙끙 용쓰는 소리가 새어 나온다 질척거리는 소리들이 푹푹 빠진다

　느리게 이동하는 흑백 스크린, 갯벌에서는 누구나 새 같다 먹이를 찾아 머리를 박고 꼬리를 잔뜩 치켜세운 물새들, 가끔 펴는 허리에서 그르렁거리는 소리들이 빠져나온다

　뻘배에도 뱃 시간이 있다 반드시 물 밀며 나갔다가 물을 앞질러 나와야 하는 뻘밭 출근부엔 잔업도 없다 개펄을 씻고 나면 긁힌 자국들 선명한 배의 등

　갯지렁이 짱뚱어 칠게들 덩달아 길을 낸다

식은 꽃

꽃들은 화려한 색깔로 뜨겁거나 차갑다
이미 뜨거운 계절에서 핀 적이 있는
조화는 식은 꽃이다
꽃피는 공장 조립되는 꽃들
씨앗이라고 말한다면 넓고 흰 천이다

그렇다면 화단수공업의 일꾼은 햇살 아닐까
꽃잎 한 장 한 장 붙여서 꽃을 피우는 동안
아무도 모르게 재료들을 가져오는 것이다

컨베이어벨트를 타고 봄이 지나가고 여름이 온다
목련 핀 자리에 장미 넝쿨이 지나가고
깡마른 나뭇가지, 무더기무더기 흰 꽃들이 핀다
조화의 개화 시기는 계절이 없다
불 앞에서는 금방 화르르 지고 마는 식은 꽃들

꽃피는 공장 여공들은 저녁에 만개한다
시들지 않는 조화처럼

저마다의 꽃송이를 안고 퇴근하는 여공들

뚝뚝 떨어지던 졸음도

창문 넘어 집으로 간다

여공 몇 명만 데려다 놓으면

사계절 꽃을 매다는

저, 오지

준비 자세

산모가 거친 숨을 몰아쉬는 것은
뱃속 아이에게 임박한 호흡을 가르치는 것이다
우렁찬 울음으로 첫 대면을 준비했던 아기는
옹알이를 준비하고 돌아누울 것을 준비하고
기는 연습이 끝나면 돌잡이를 준비한다
옹알이는 소통의 기본자세이며
돌잡이는 미래를 위한 직업 준비다
손가락을 빠는 것은
뱃속에서 배운 시간 들을 곰곰이 되새겨 보는 것,
수많은 울음과 웃음의 어느 한 예를 위해서
아기는 태중에서조차
차곡차곡 준비했던 것이다

정규직을 준비하던 청년이 허공 속으로 사라졌다
하청도 임시직도 아닌 죽음은 어떤 직업인가
낙하하는 시간을 허공에 매달 수 있다면
꽃잎들은 절정의 임시직을 벗어날 수 있을까

연금을 붓고 보험을 들고 비자금을 숨기는 것조차

죽음의 궁극이라면, 지금은

세상에 없는 시간이다

준비해둔 수의를 꺼내 보며

떠날 채비를 점검하는 노모, 따지고 보면 삶이란

일생 준비만 준비하다 끝나는

죽음의 하청기관 아닐까

불꽃의 속도

모닥불에서 옮겨간 검은 발화發火를 본다

한 번 터지면 세상모르고 부푸는 꽃

그보다 빠르고 화려한 꽃은 없어서 사람들은 가끔

놀이의 불꽃들을 쏘아 올리기도 한다

허공에서 발화하는 불꽃은 허공에서 사라지지만

땅에서 옮겨간 불씨는 걷잡을 수 없는 지상의 화염이 된다

첩첩산중도 빌딩 숲도

거대한 잿더미로 만들고 마는 엄청난 식욕 속에는

보이지 않는 하찮은 방심이 있을 뿐이다

붉은 혀를 날름거리며 순식간에 번지는 불길

가랑잎처럼 바스락거리거나

잘 마른 장작처럼 토막 난 것도 아닌데

그 어떤 걸음보다 빠르게 번지는 방심

활활 타오르는 저것은 놓쳐 버린 순간이다

보이지 않는 검은 속내에는

번지는 앞을 맹렬하게 쫓아가는 뒤가 있다

반드시 앞을 막아서지 않으면 잡을 수 없는 불의 속도

한 줌 검불을 먹어치우던 화마는
마을과 산들을 모두 먹어치우고야 혀를 거둔다
배를 가르면 검은 재와 흰 연기만 가득하다

봄이 되면 입맛을 다시는 검붉은 혀들
방심은 저 엄청난 입이 노리는
순간의 먹잇감이다

명륜明倫

홍성군 결성향교에 가면
아버지 같은 느티나무와
어머니 같은 팽나무가 양팔 벌려 반기지
하늘 향해 솟구친 느티나무는
아버지 굳은 의지와 같고
잔가지 사이사이 열매 품은 팽나무는
쓴 물 단물 다 내어주고 주름만 남은 어머니 같지
이슬에 부리 닦은 참새들이
햇살에 날개 펴고 날아오르듯
명륜당 마당에 쏟아진 달빛은
신발마다 발자국마다
길고 짧은 입신양명을 신기지
명륜, 이라 이름 밝혀 놓으니
인륜과 전당이 단번에 들고
활짝 열린 외삼문처럼
대성전 처마에서 늙어가는 막새처럼
온갖 눈비바람볕 꿋꿋이 받아내고
육백 년 수호하는 저 기백氣魄

간밤 늦은 꿈엔 헐벗은 팽나무에 새순 돋았지

파릇한 이파리 샛별처럼 반짝였지

못 박는 나무들

산은 편애가 없습니다

세상에 나무만 한 수도자가 있을까요

가는 것 두꺼운 것 어린 것 늙은 것

수종을 가리지 않고 밤낮 뿌리를 내립니다

가옥이 헐렁해지면 바람에 날아 갈까 봐

스스로 부실한 곳을 찾아 못 박는 거지요

한번도 자리를 옮긴 적 없는 가부좌

굳어버린 관절은

어린 새들의 요긴한 둥지가 되기도 합니다

산짐승들은 살림살이가 비루해도

불평으로 뒤척이거나 불편해하지 않습니다

장마에 쓸려나간 산자락에

인부들이 나무를 심고 있습니다

못이라도 박듯 자리를 고르고 발로 꾹꾹 밟아요

옆구리가 결리겠지만 내색 없이 안아주는 품

안개를 끌어다 덮고

풀벌레 소리를 끌어다 덮고

그 위에 검은 밤을 끌어다 덮으니 이불이 됩니다
오늘 밤 새로 이사 온 나무들은
아주 곤한 잠을 자겠지요

늙은 참나무 가지에
안간힘으로 버티는 빈집이 있어요
어린 가출을 기다리며
여름의 끝을 꽉 움켜쥐고 있는 곤충껍질들

겨울이면 제 몸의 물기를 모두 빼서
어린 생명들을 덮어주는 것도
나무들의 득도일 것입니다
긴 겨울 동안 흰 눈을 덮고
꽝꽝 못 박힌 나무들 좀 보아요
늦은 밤, 눈보라 뚫고 귀가한 아버지 같아요

제
2
부

간다, 라는 말

가고 싶은 곳에는
가고 싶은 곳과 가고 싶지 않은 곳이 반반이다
횡단보도 중간지점에서 문득
뒤돌아 서성이다 맞는
다급한 경적 같은 것

배내웃음과 주름 말씀만 접었다 폈다 포개는
어머니 입에 붙은 헛말, 가야지
난처한 귀를 두 개나 가진 옆 할머니를 붙잡고
함께 가자고 한다

어머니 정말 가고 싶은 곳은 어디일까
가고 싶은 곳이 다 귀찮아질 때
요새 같은 마지노선
편도의 티켓을 끊고 개찰을 기다리는 것이다
여기까지 왔다는 말도 과거로 가면
간다는 말과 같은 것이다
앓기 전에는 모르는 신열같이

기억에서 한 겹씩 얇아질 때마다 가까워지는 종착지

내일이 있어 내일로 가는 것처럼
제일 가기 싫은 곳이 가고 싶은 곳 되는
어머니의 그곳,

명줄

반짇고리 속에는 첫 돌의 긴 생이 들어있지
헤엄쳐 나온 최초의 울음
배꼽을 떠난 거리가 목화처럼 뭉쳐 있지
걸 수 있는 무거운 양팔이 있어야
다시 둥글고 뻐근한 뭉치를 만들 수 있는 실타래

실은 스스로 엉키는 법이 없지
땀을 떠야 할 옷도
길들일 어떤 훈계도 없는
반짇고리 안의 오래된 명줄일 뿐이지
아이는 늘 실뭉치처럼 까르르 문을 열고 굴러 나갔지
흙 묻은 뭉치가 되어 돌아오는 날은
저녁도 노을의 속도를 줄이고 있었지

옷을 뒤집으면 바늘로도 꿸 수 없는 모래들
멀리 굴러갔던 웃음들은 간혹
매듭이 되어 끊어지기도 했지

반짇고리 안을 들여다보면

엉킨 시간이 있으므로 다시 둥글어지는 시간이 있지

나는 지금 굴러간 실 끝을 잡고 기다려 보는 거야

두툼했던 실뭉치가 어느 날

한 땀도 남아 있지 않을 때가 있다는 것을 알아서

엉킨 실을 가끔 송곳니로 똑똑 끊어주고 있는 것이지

뭉친 실을 풀다 놓치는

몇 번의 생

그때마다 나는 엉킨 실을 풀어 여벌의 옷을 지어 입었지

장롱 깊은 곳엔 한 번도 입은 적 없는 옷이 있지

노을의 복색 같기도 한

멀고 먼 곳의 옷 한 벌

갈퀴

봉평 언니 명수
그녀 손은 갈퀴다

하얀 달빛 쏟아지는 메밀밭 지나
징검다리 휘도는 개울물 건너
구로공단 편물 직공으로
소녀를 바치고

팔자 한번 고쳐보자
수천 평 고랭지와 바꾼 꽃 나이
그러나 삶은
메밀꽃밭을 흐르는
은하수 같은 것이 아니어서

번번이 빠져나가는 달빛과 꽃송이들

하루에도 수천 가락
메밀국수를 뽑았다는 그녀

휘어진 손가락만이 유일한 재산이라고

갈퀴 같은 손을 불쑥 내민다

운문사, 비밀의 숲

나 다시 태어난다면
운문사 극락교 너머 비밀의 숲에
이름 없는 한 포기 풀꽃으로 살고 싶네
구름도 쉬어가는 이목소 맑은 물
갈 봄 없이 내려와 얼굴을 씻는 소나무 곁에
정갈한 수건 한 장 두 손으로 받들고
비구니 꽃으로 늙어가도 좋겠네

이른 아침,
호거산 병풍을 펴는 예불 소리에 눈뜨고
깊은 밤, 구름 문 열고 산책 나온 달빛
그 하얀 발자국 소리를 베고 잠이 들겠네
문살을 스치는 바람에도 일어나 합장하고
오백 년 소나무가 땅을 향해 경배하는 겸손을 배우겠네

그대, 마음이 슬프거나 어지럽다면 함께 가지 않겠나
호거산 줄기 속 연꽃처럼 피어난
운문사 극락교 너머 비밀의 숲으로,

목탁 속 같은 이 골짜기

몸속을 울리고 나오는 독경 소리들

비스듬히 열린 장지문에 저녁 햇살로 살면 또 어떠하겠나

우리, 가슴을 열면 하늘 문도 열리는 것을

간월암

하루 두 번 꽃이 되는 섬
세상으로부터 조금 떨어져 있고 싶을 때
언제라도 달려가면
연꽃처럼 품어 주는 곳

마음이 어지러울 때는
딱 이만큼만 떨어져 있어 보라는 듯
너무 멀지도 가깝지도 않게
바닷물이 길을 막는다

간절하면 달도 머문다고 했던가
용왕각 앞에 백팔 배를 드리는 청년의 등에
젖은 달로 떠오른 번뇌

오색 연등에 매달린 소원은
바닷바람이 읽고
청년의 등에 떠오른 달은
붉은 태양이 수행 중이다

사람들은 왜 모르나

있어도 없고 없어도 있는 저 길

어쩌면 좋을까

누가 야생의 뿔들을 사육에 가둬 놓기 시작했나
목책 사이로 머리를 내밀고 있는 염소
어떻게 좁은 틈으로 내밀었는지
딱 걸려서 빠지지 않는 목이 우리 밖에 갇혀 있다

목이 걸린 순간 우리가 된 바깥
거둬들이지도 빠져나오지도 못한 채
휘어진 뿔에 바람 탑을 쌓고 있는 염소가
득도 중인 듯 눈 뜨고 있다

동물이란 머리만 아는 존재일까
제 머리 크기도 모르면서
답답한 우리를 내다본 일이 고작
바깥에 갇히는 일이었다니

내친김에 저 좁은 틈으로
몸을 빠져나오는 건 어떨까
들판과 마을과 천지가 다 안쪽이 된 지금

가끔은 목을 거둬들이는 일보다

몸을 빼내는 일이 더 쉬운 일이라는 듯

한 뭉치의 바람이 훅, 염소 우리를 훑고 지나간다

염소들의 언어는

세상에서 가장 어린 말일지도 모른다

늙어서도 아기 소리를 내는 염소들

자꾸 언덕을 오르려는 것은 어린 소리를 위한

늙은 발목의 채근 아닐까

어쩌면 좋을까

거둬들이지도 빼내지도 못하는 저 목,

뒷모습을 접다

나를 따라온 뒤가 있다 앞을 보며 뒤를 볼 수 있다는 것은 지나온 길을 가늠해 보라는 백미러의 조언, 분명 나아가는 속도로 따라왔을 뒤가 손바닥만 한 거울에서 두 갈래로 멀어진다 사물이 보이는 것보다 가까이 있다고 친절하게 알려주지만 거울의 왜곡은 충돌의 사각지대를 만들기도 한다 번쩍거리는 뒤가 나를 앞질러 갈 때면 옆구리 오싹한 질주, 과속의 교차로는 위태롭다

늘 같은 속도, 같이 멈추고 같이 달리는 앞과 뒤, 빛의 굴곡을 통과하지 못한 과속이 앞만 보며 달려온 바퀴에 브레이크를 건다 굽은 길에 들면 함께 구부러지고 길을 빠져나오면 함께 펴지는 가깝고도 아득한 뒤

백미러가 기억하는 시간에 나무들이 세를 들고 나무들이 이사 간 자리에 푸른 바다가 들어와 있다

내가 본 풍경들이 너무 많은 나를 앞질러 보냈다 결코 나를 추월할 수 없는 뒷일들이 백미러 안에서 일어나고 있다

버튼 한 번이면 싹 접히는 풍경들, 시동을 끄고 나면 따라오
던 모습들이 순식간에 잠겨 버린다 수만 평 붉은 하늘이 백미
러에서 쉬고 있다

북향집*

밟지 마라

박석 틈 뿌리라고

통증 없는 것 아니다

정신 잃은 것 아니다

*   만해 한용운님의 심우장

새의 뭉치

새 한 마리 날고 있어요 뭉툭한 부리 거대한 날개, 기운 저녁에 둥지를 잃었나 봐요 날개를 접고 부리를 묻고 제 발목마저 자르고 나서 한 개씩 깃털을 뽑아 던져요 내려앉는 깃털들이 꼼지락꼼지락 발가락을 움직여요 붉은 발가락을 파종하는 하늘, 나는 저 새들이 지상에 내려앉는 것을 본 적이 없어요 가장 높은 나무에만 앉았다 가는 새, 새장에 갇힌 앵무새는 사람의 말을 따라 하지만 저 새들처럼 자유로울 수는 없어요 어느 가벼운 나라의 지도 같기도 하고 옥상에서 날아간 바지 같기도 하고 때론 요란한 발굽 소리를 펼쳐놓기도 해요

어둑한 날개가 날아오는 날에는 꽃들의 옷장에 자물쇠를 채우고 흰 날개가 날아오는 날에는 버려진 씨앗들을 모아 물을 주었어요

밤이면 가끔 고색 수묵화 한 점 걸어놓기도 하는 저 새를 미워할 순 없어요 휘핑크림 같은 웃음을 마당에 심어놓고 날마다 당신으로 생일을 삼고 싶어요 흰 물감을 퍼 나르는

당신, 나의 느닷없는 애인이 될 순 없나요

환풍

깨끗한 창문은 벽에 뿌리를 내린다 집집마다 숨어 있는 날개가 있다 어느 도감에도 나와 있지 않은 새들, 새의 와류渦流를 따라 아이들의 웃음소리가 빠져나간다

하루분의 저녁이 빠져나가면 때 지어 날아가는 새들, 세상은 여섯 날개로도 충분히 돌아갈 수 있다고 벽에 숨어 웅웅거린다 손가락 한 개로 환기되는 저녁은 쾌적하다 온몸이 수증기인 나는 물방울의 방울

한여름 공중을 유영하는 나비들과 포르르 날아오르다 날개를 접는 무당벌레들은 날개 밖으로 계절을 빼내는 중이고 계절풍을 앓는 새들은 서쪽으로 쓸려나가는 중이다 망사옷을 입은 잠자리들은 가을 쪽으로 부지런히 여름을 빼내고 있다

꼬리를 까딱거리는 새들, 새의 발목이나 잠자리의 꼬리를 잡으면 후드득거리거나 파르르 떨 듯 어쩌다 피복 벗겨진 꼬리를 만지면 화들짝 놀라곤 했다

코드 없이도 감전되는 환풍기의 꼬리, 오늘은 새들이 열심히 빼내고 있는 공기가 산을 흔들며 지나간다 겨울이 다 빠져나간다

한밤의 마을

기슭이 저벅저벅 걸어서 저수지로 간다
교회 지붕과 십자가, 미루나무 몇 그루를 옆구리에 끼고
물 저 아래쪽에서 불 밝히는 집들
한낮에는 보이지 않던 풍차와 산꼭대기 송전탑의 불빛까지
전신거울로 비추고 있다

한밤의 마을은 어둠 속에서 더욱 반짝이는 야생 물고기

높은 곳일수록
물 가장 깊은 곳으로 들어가는 것은 한밤의 행보다
밤마다 흔들리며 커가는 미루나무 곁에서
물구나무를 서는 달

사람만 이웃이 있는 것 아니다
새들도 나무도 덜컹거리며 열리고 닫히는 대문도 다 이웃
이 있다
밤이면 천 길 물속도 두려워하지 않고
서로 찾아가는 저들

한밤의 끈을 풀고

그 마을로 달려가고 싶다는 듯

개들이 컹컹 밤을 짖는다

날이 밝으면 기슭은 다시

고단한 집과 전봇대와 나무들을 앞세우고

오솔길을 걸어 마을로 돌아갈 것이다

연장하나 없이도 물속마을을 완공하는

한밤의 건축공법

물의 뒤꼍이 깨끗하다

교차로

몇 자리 숫자만으로도 밥이 되는 경우가 있다 폐지 줍는 노인이 훑고 간 빈 교차로 꽂이, 누군가 전봇대에 걸어 놓은 주발 같다 이면裏面에도 교차로는 있고 뻥 뚫린 교차로를 달려도 꽉 막힌 생이 있다

수천 가지 밥그릇이 들어있는 교차로, 기름밥 노래 밥 청소 밥 운전 밥 아기들과 눈 맞추면 옹알이 밥 노인들과 눈 맞추면 모래알 밥 단칸 셋방에서 공장 빌딩 못자리까지 온갖 굴욕적인 밥과 젖비린내 나는 밥들을 그러모으는 거대한 밥그릇

최저임금과 수천억 빌딩의 몸값이 지면 한 장 사이에서 저렇게 태연하게 펄럭이다니 일주일이 지나도 교차하지 못한 지난주가 차량이 정차해 있는 교차로 마냥 길게 밀려 있다 언제 한번 확 풀려보지 못하고 반쪽 정보지로 교체되는 찬밥 같은 소식들

뒤엉킨 교차로를 역주행하는 저 노인, 수십 부의 교차로

를 들고 간다고 해도 몇 푼의 무게겠지만 바스락거리는 라면
한 봉지의 저녁은 만찬이다

　차들 빽빽하게 서 있는 교차로의 무게를 번쩍 들어 폐지를
줍는 노인의 저울에 올려 놓아주고 싶은 저녁, 경적은 너무
가벼워 한낱 소음에 불과하다

우마牛馬사다리*의 귀가

둔한 짐승의 잔등을 밟고 왔다
천장을 덧바르는 쉼 없는 풀질
뻐근한 목을 휘젓다 보면 낡은 별들은 지워지고
싱싱한 풋별들이 뜨곤 했다
목을 젖히고 열께를 맞추어야 하는
발밑은 늘 위태로워서
한 칸의 방이 문을 열 때마다
뻐걱거리는 퇴행의 마디들

튼튼한 우마사다리 하나를 갖는 일은
따듯한 밥을 보장받는 일이다
자신의 키 밖에 밥벌이를 둔 일이
어쩌면 먼 우주의 한 귀퉁이에 풀칠하고
새로 발견된 은하 하나를 덧바르는 일과 동급인 양
마음 뻐근한 적이 많았지만
기울어진 쪽잠에 허기를 묻고

---

* 도배할 때 사용하는 사다리

푸른 별들을 불러 헛간을 채우던 날들

반쪽 날개를 맞추면 방안은 금세 나비 천지다

잔등을 밟으면 다 닿는 세상의 방

발밑이 짧은 일일랑은 힘껏 뛰어오르면 된다지만

늘 머리 위가 낮아서 검손한 날들

깨끗해진 벽을 뒤로하고

소 한 마리 접어서 귀가하는 저녁

세상의 얼룩을 다 지워버렸다는 듯

워낭 소리 맑다

타워크레인

허공에 발 딛고 산다
사각四角 공중에 매달려 낳은 식솔들
두어 평 공중에 갇혀 세워 올린 뼈대에서
따듯한 방이 태어나고 수돗물이 돈다
이따금 구름이 허공의 층계에 밑그림을 그리면
풋별 들이 내려와 사다리 타기를 하고 갔다

돌멩이뿐인 불모지
깊이를 알 수 없는 늪지대에서도
뼈대를 세우는 설계는 치밀하다
흔들리지 않고 지상으로 오르는 지름길
발 뻗지 못한 좌불 고행이
팽팽한 수평 위에 수직의 꿈을 쌓는다
땅 위에 발 딛는 것이 가장 안전한 일임을 아는
그는 수직의 사내

밤이 되면 사각死角에 든 그늘을 밀어내고
가장 낮은 지상으로 내려와 날개를 접는 새 한 마리

지칠 줄 모르는 고공 질주는

어느 공중으로도 붕 뜨지 않는 축,

세상에서 가장 무거운

가족이 있기 때문이다

제
3
부

희망 번지

성북로 29길,

산도 잃고 사람도 잃은

성북동 비둘기가

어둑한 통로며 폐자재 위를

날고 또 나는 곳

클립

한 묶음 비밀을 물고 있는 것이다 낱장을 물어 묶음을 만드는 일이란 꽉 다문 입의 임무, 눈도 귀도 없는 오로지, 무언가를 물거나 뱉을 뿐 삼킨 적 없는 과묵한 입

아버지 마지막 입가에 귀를 댔을 때 끝내 꺼내지 않던 비밀처럼 클립에 귀를 대면 아무도 알 수 없는 비밀 하나를 엿들을 수 있을 것 같은데

첫사랑을 놓친 누나는 머리에 나비를 꽂고 다녔다 어느 겨울 누나의 모자이크에서 얼어 죽은 나비를 보았다 나는 나비의 날개를 성당 유리창에 붙여주고 싶었다 종소리는 그러나 누나를 알아듣지 못하고

그러고 보면 한 집안의 입을 결속시키거나 키운 것은 과묵한 하나의 입이었다 배고픈 철의 구조물들, 서랍을 열면 엉켜있는 클립들이 있다 서로 부딪치는 소리처럼 형제들 모여 한 뭉치썩의 입담을 한다

아버지 마지막 비밀은 꽉 묶여 있는 전답이었을 거라고,

낱장들 흩어진다

북적거리는 달 밑

달의 잔등이 동쪽으로 기울었다
바짝 달라붙은 어둠의 배후
당신의 발에 밟힌 당신의 골목
한 개의 발에서 생겨난 두 개의 발목이
당신을 쫓고 있다

구부정한 아버지 등에는 기운 계단이 업혀있고
또각거리는 누나의 뒤축에는
두근거리는 미행자가 붙어 있다

지금부터 당신은 둘이다
검은 그림자들이 서둘러 구두 굽 소리를 버리는 골목

골목에 귀를 걸어둔 사람들은 둘을 하나라고 여길 것이다
인구 비율이 늘었다는 소식은 없지만 보름달 뜨는 며칠 동
안 집과 골목들은 북적거린다 대문을 열고 불을 켜는 순간
검은 시치미를 뚝 떼는 가족들, 아버지 눈에는 모래알이 박
혀있고 누나의 입술은 능금처럼 부풀었다 마당의 개들도 그

날따라 으르렁거렸으며 옥상 빨랫줄에는 검은 배후가 창문
을 넘본다

능선을 구부려 모양을 바꾸는 달
표면을 벗기면 숨겨진 비밀들이 얼굴을 내밀 것만 같다
천체의 창문은 늘 열려있고
한입에 포식할 수 있는 입을 가지고 있으므로
보름달이 뜨는 밤에는
내 발자국도 믿어서는 안 된다

천연덕스러운 달 속에
외눈박이 흰 짐승이 산다

저지대

먹물 한 통씩 안고 산다 눈자위가 움푹한 사람들, 얼굴에
는 늪이 살고 있다 썩은 나무가 못을 품고 녹슨 못이 사람을
품는다 파리채 놓인 밥상에 숟가락이 엎어져 있다 날아간
지붕과 갈라진 벽, 깨진 창문 밖으로 연통과 전기선이 한데
엉켜 불을 밝힌다

허리가 굽도록 걸어도 골목을 벗어날 수 없었던 골목들,
비가 내리지 않아도 벽에서는 검은 울음 배어나고 흘러내린
천장의 뱃가죽만 늙은 시간을 연장한다 자글자글한 골목이
절뚝거리는 골목을 이끌고 사라져간 날들

지붕을 덮으면 발밑으로 졸졸 물 흐르는 소리가 난다 깨
진 창문 틈으로 바깥을 내다보는 아이의 목에서 발목들이
자란다

골목 끝에 거울이 있다 녹슨 철 계단에 푸른 귀로 자라는
화분들, 어떤 힘이 저렇게 붉은 꽃대를 밀어 올리는 것일까
제 습기를 파먹으며 무섭게 자라는 골목, 어둠을 핥아먹는

고양이 눈이 부푼다

보랏빛 꽃 단추를 단 넝쿨이 거울을 넘고 있다

눅눅한 벽을 지우고 환하게 뜬 달의 조감도

슬쩍, 저 탄 더미를 못 본 척 지나치고 있다

염원

성북동 길상사에 가면
성모마리아인 듯 부처인 듯
두 염원 하나로 모은
관세음보살상 있다
모든 조화와 융합이란
이렇게 맑고 온화한 것이라고
고요한 미소로 화답한다

벚꽃 엔딩

분홍 꽃잎 하나가 요양병원

305호 바닥에 사뿐히 날아 앉았다

그녀의 기울어진 손가락 사이로

연둣빛 새싹들이 뾰족 얼굴을 내밀더니

아치형 다리 아래로 물이 흐른다

겨우내 얼었던 계곡이

물 가르마를 타고 마을로 내려온 것이다

웅크린 병실에

활짝, 봄 한 채 부려 놓고

먼 겨울 속으로 떠나버린 그녀

벚꽃 편지

오늘도 나는
산벚나무 그늘에 앉아 편지를 씁니다

사월이 다 가도록
주소 한 줄 붙여주지 못한 편지에
꽃잎 하나 내려앉아 당신 얼굴로 어립니다

벚꽃을 좋아하던 당신
들리시는지요
꽃잎이 지는 소리
사월이 가시는 소리
내가 쓰는 이 편지가
벚꽃잎 하나 우표처럼 붙이고
공중을 떠도는 소리

이렇게 내가 또 한 번의 봄을
낭비하는 동안
당신은 어느 꽃그늘 아래서

귀를 잃고 떠도는지요

벚나무의 족적은 꽃잎,
꽃 다 지도록 나 여기 꼼짝 않고 있을 테니
내 발자국은 당신이 지워주시기 바랍니다

카페라떼

커피의 시간은 기다림도 향긋하지

종이컵에 담긴 향기는 가벼워
두툼한 머그 두 손으로 감싸네

한 모금, 기다림을 넘길 때마다
줄어드는 거리

바리스타 남자는
갈색 시간을 여과 중이지
생크림 같은 내 생각도
하얗게 부풀고 있지

커피를 좋아하는 사람은
진眞한 사람
에스프레소 향기로
오래 기억되는 사람이지

하얀 원고지 같은 창밖,

초록으로 번지는 빗방울들

커피 한잔하자는 말에

너에게로 가는 길이 생겼지

산양

바다를 가둬 섬을 키우는
산양*에 가면
바람도 곁이 허전해 자주 뒤척인다

마을과 전봇대와 불빛들을 데리고
물 깊은 데로 들어가
옹기종기, 가늘고 긴 길을 낸다

부둣가를 기웃거리는 발톱이
새까만 밤을 할퀼 때면

수면을 열고 나오는 왁자한 고깃배들

더딘 눈을 뜨고
꿈틀, 일어나는 섬들

---

*   산양 : 통영 앞바다 산양읍 섬마을 명칭

미처 수습하지 못한

어족의 지느러미 달고 동살을

헤엄치는 갈매기들

바다를 정박해 둔 사내들이

배를 몰고, 밤새 켜둔 불을 끄러

집으로 간다

정서진 연가

울적한 날엔 정서진으로 가자
촤르르 내달리는 자전거 페달 소리
바람 소리 파도 소리도
빠알갛게 물드는 정서진으로 가자
드넓은 갯벌에 얼굴을 묻는 저 태양도
지기 위해 다시 떠오른 것이다

그리운 날엔 정서진으로 가자
염천을 가르는 풍차 소리
내일을 울리는 종소리도
노을 앞에 다소곳이 손을 모은다
하늘을 당겨 바다에 넣고
힘차게 비상하는 저 갈매기들도
돌아오기 위해 다시 날아가는 것이다

묘약

손 하나에 세상이 달려 있다
허공을 뚫고 솟아오른 고층 빌딩도
해저 터널의 신비도
심지어 수억만 리
우주를 오가는 탐사선도
이 작은 손이 만든 신화다

아이가 뱃속을 떠나
처음으로 내 손가락 하나를
힘껏 움켜쥐던 날
세상의 모든 힘은 그 작고 여린 손에
다 모여 있다는 것을 알았다

당신을 만나 따듯했던 첫 포옹도
끝내 차갑게 식었던 이별도
다 손이 만든 역사다
그러니까 손은
우주에서 지구까지의 거리도

당기거나 끊을 수 있는

묘약을 쥐고 있는 것이다

손가락 지휘

어느 문학 행사에 갔을 때였다

오프닝 무대로 신명 나는 사물놀이가 시작되었다

꽹과리와 징과 북, 장구가 펼치는

이완과 긴장의 화음이 절정에 다다른 순간

장구를 치던 한 소년의

어깨가 신들린 것처럼 흔들리기 시작했다

무엇이 소년을 저토록 흥분시키는가,

소년의 눈빛은 초지일관

객석 앞쪽에 머물러 있었다

그 눈빛을 따라가니

관객들 사이에 쪼그리고 앉아

지휘를 하는 작은 체구의 여선생

꽹과리를 두들기는 소녀도

북채를 움켜쥔 소년도 한결같이

비틀어지거나 기우뚱한 몸짓과 표정으로

지휘 선생의 손끝을 응시하며

둥둥 무대 위로 떠오르고 있었다

여선생의 작은 손끝에서 온갖 악기가

손가락들을 타고 뿜어져 나올 때

숨죽인 관객들의 탄성과 박수 속으로 잦아드는

뒤틀리고 일그러진 표정들의 안도,

어떤 문장이나 시어도

그들의 연주를 능가하지는 못하였다

나의 책장

입안에서 맴도는 이름 하나를 궁리하다가
아무리 떠올려 봐도 생각나지 않다가
수레국화 같은 눈동자를 떠올리고는
어느 책 속에서 읽은 주인공인 걸 알았지

그러고 보면 나의 책장은 읽은 이름들로
빽빽하지

부른 이름보다 읽은 이름이 문득,
더 친숙할 때가 있다는 걸 알게 되지

나의 책장엔 시인은 시인끼리
소설가는 소설가끼리 층층이 방 들여 살지
광활한 대지와 어둠, 이국 소녀들의 이름이
꼭꼭 숨어 있지

그러다가 어느 밤, 위 아래층 뒤섞여
얇은 페이지로 떠들썩하지

십팔리 홍고량*이 날개 돋친 듯 팔려나가지

무료한 밤, 책장에 대고 이름을 부르면

촤르르 책갈피 넘어가는 소리로 대답할 것 같은

이름들이 있지

너무 많이 불렀었거나 입속에서 우물거렸던,

---

* 영화 〈붉은 수수밭〉에 나오는 술 이름

시인 신달자

그분이 늙어가는 것은
문학관 하나가 나이를 더해 가는 것과 같다*

초록이 뒤척이는 창밖으로
아련히 던져두었던 시선을 거두어
툭 건네시는 한 말씀,
병病도 시도 친구처럼 데리고 가라
양팔에 끼고 가다가 어느 순간이 되면
병은 멀리 보내 버리고
시만 데리고 가자
그게 시인으로 사는 길이야

휘어진 손가락에서 반짝이던
은가락지 한 쌍이
세상 어느 보석보다 빛났던 것은
선생이 대한민국 대표 여류시인이어서 만은

---

* "노인 한 명이 숨을 거두는 것은 도서관 하나가 불타는 것과 같다."는
아프리카 격언에서 인용

아닐 것이다

굴곡진 삶의 마디마디
얼마나 많은 우여곡절을 감내하셨는지
깊게 패인 주름이
성지처럼 고요하다

눈이 부시게 흰 벽과
헤아릴 수 없이 많은 책들과
해달바람비 온갖 천공天功이 지나는 천창과
저 높은 곳에서 평화롭게 내려다보시는 십자가와
그 아래 고요히 웃으시는 시인과

경기도 성남시 심곡 하우스**에는
별을 따다 밥을 짓는
신달자 시인께서 살고 있다

** 신달자 시인의 '심곡 하우스'
-미국 건축가 어워드의 개인 주택 부문 수상

귀를 기울이면 온몸에서

시 익는 소리 들린다

제
4
부

자작나무 숲으로

자작나무 숲으로 가자
헤아릴 수 없는 11월이 빽빽히 서 있는
자작나무 숲으로 가서
구불거리는 생각들을 꼿꼿이 세워 놓고
고요히 물 흐르는 소리 들어보자

시월의 단풍도 십이월의 설경도
저 희고 한결같음에는 미치지 못하듯
다 버리고 나니 비로소
투명하게 보이는 너와 내가
여기 있구나

자작나무 흰 맨살에 귀를 대고
대양을 건너온 눈보라의
얇은 발자국 소리를 들어보자
세상의 11월이 모두 모여 이룬 듯
함께여서 더 눈부신
자작나무 숲으로
손잡고 가자

바람의 집

당신을 만나고 나는 밤바다처럼 뒤척였다 멀리 새벽
이 한 겹씩 옷을 벗고 마침내 홑겹의 실루엣으로 다가올 때
까지 내 가슴에서는 폐선의 기관실에서 나는 바람 소리
가 그치질 않았고 비린 생의 노래는 썰물처럼 손가락 사이
를 빠져 나갔다 이렇게 흔들려서는 아무것도 할 수 없을 것
만 같아 바람 소리를 붙잡고 방이나 한 칸 들이자고 했다 낡
은 부둣가 끄트머리, 바람의 숨결로 지반을 다지고 문지방
도 없는 방을 들이자 마당까지 들어 온 바닷물이 마루를 닦
아 주고 부뚜막에 물고기도 한 마리 놓아줄 것이다 해 지
는 서녘, 노을에 적힌 편지를 나눠 읽으며 나는 생선의 뼈
를 바르고 당신은 수저를 내밀고, 그러다가 노을에 취해 생
선 쪼가리를 흘려도 개의치 않으리라 이따금 멀리서 부고
라도 오면 서둘러 외출 준비를 하자 포구의 갈매기가 우리
를 데려다 줄 것이다 봉투에는 바람을 넣기로 하자

그렇게 당신과 나는 부둣가 산책 나온 초저녁별과 함
께 풍장을 노래하면 되는 것이다 달 보듯 서로 당신을 바라
보면 되는 것이다 바람의 집에 바람이 마를 때까지

말의 감옥

치과에서 x-ray를 찍었다
어금니 뿌리 아래 동그랗게 찍힌 무늬
한 달여 기다린 수술에서
다행히 공꽃이란다
이도 잇몸도 튼튼한데
무슨 공간이 저렇게 자리 잡고 있었을까
그러고 보니 그동안
무수히 뱉어 낸 말의 독설들과
그 말들이 만든 감옥이
저 어둡고 작은 공간에서
조금씩 영역을 넓히고 있었던 건 아닐까
그래서 이따금 헛꿈을 꾸고
헛말을 하고 헛발을 디뎠던 건 아닐까

빈 공간을 메우고 보니
지금까지의 헛것들을 결박이라도 하듯
잇몸 꿰맨 실밥이 포승줄 같다
껄끄러운 매듭이
빗장 같다

빨래집게

빛바랜 집게들 하늘을 물고 있다
구름도 바람도 다 빠져나간 옥상에서
새의 깃털 하나 잡아채지 못한 채
오래된 공중목욕탕 굴뚝의 궤적만을 쫓고 있다
팽팽한 줄에 즐거운 음표들을 띄우고 싶어
물린 하늘이 꼼짝없이 젖고 있는 장마에도
다리를 오므릴 수 없는 가금류家禽類들
꽉 다문 입에 허공을 견디는 법문 한 줄 물려 있다
법문이 끝나는 자리에는 새하얀 햇살
당신의 팬티에 구멍이 나 있어도 결코 누설하지 않아
물구나무를 선 빨래집게가
가랑이를 벌린 채 하늘을 받들고 있다

옥상에 사육하는 빨래집게들
저것들의 주둥이에서 사람들은 자라고 늙어 간다
줄 하나만 있으면 다 알아서 크는 최대용적률

알파펫 A로 시작되는 조류는 없다

부표도 날개도 없는 낡은 옥상위의 가금류들
저렇게 오래 공중을 견디는 것을 보면
어딘가 날개가 숨어 있을지도 모른다

무거운 물이 다 떨어질 때까지
외투도 양말도 꼭 물고 놓지 않는
허공 조력자

수국

빈집 마당에
수줍게 핀 푸른 꽃 무리
혼자서는 너무 쓸쓸해
연파랑 꽃잎들을 모두 불렀을까

수국, 하고 가만히 불러 보면
그리운 이름들이
나비처럼 날아올라

수국무늬 브라를 아끼던 그녀는
지금쯤 보랏빛
물의 나라에 도착했겠지

슬픔에 물을 섞으면 저런 색깔이 될까

세상의 슬픔을 모두 모아 핀 듯
저 푸릇한 물꽃들

대추

　갈색으로 물들기 시작한 대추를 한입 아삭, 하고 깨물면 햇살과 바람과 달빛들이 입안에서 회오리 쳐요 사과처럼 붉고 예쁘지도 알밤처럼 둥글고 단단하지도 않아서 마당가나 텃밭 언저리에 시집 간 누이처럼 서 있지만요, 가을이면 주렁주렁 쏟아지는 햇살을 독차지하는 나무도 드물 거예요 사실 대추가 주렁주렁 달리고 붉으스름하게 익으면 꼭 몽둥이로 털어야 다음 해 더 많이 열린다는 속설 때문에 가을이면 몽둥이로 맞는 처지지만요, 이 작은 몸 안에서 햇살은 타원형으로 여물고 바람은 쭈글거리며 뾰족하게 늙어가요 주름이 온통 휘감을 때 맛은 더 달지요 그래도 과일 중에 단 하나의 씨앗을 품은 일이 흔한 일 아닌 것 다들 잘 알죠?

오월 용문사

거대한 은행나무 앞에서
노부부가 서로 사진을 찍어 주고 있다
어르신들 함께 서세요
찰칵 소리와 함께 찍힌 엉거주춤이
천백 년을 훌쩍 넘어
나무의 주인이 되었다

천년 사직의 한을 품고
첫 가지를 뻗었을 은행나무처럼
수십 년을 함께 살았어도
활짝 펴지 못하는 저 표정

맥수지탄麥秀之嘆으로 뻗은 뿌리가
천년 고찰 아래서
명성으로 기록되듯이
구부정한 허리며 얼굴에 핀 검버섯이
노부부의 이력이라는 듯

한낮의 햇살이 주름을 음각陰刻하고 있다

어르신들 그러지 마시고 웃어보세요
이 은행나무는 해우소 덕분에 천년을 살았대요
의심스럽다는 듯 불거져 나온 뿌리를 쫓던 노부부
어이구 그러니까 우리도 보시를 드린 거네요

그때 서야 누가 먼저랄 것 없이
활짝 열리는 웃음

은행나무도 뭉툭한 발가락이 간지러운 듯
부채꼴 춤사위를 한껏 펼치고 있다

탑

누군가 엎어 놓은 확성기 같은 탑

아무도 보지 않을 때

엎어진 확성기는 염원을 전달한다

가파른 산길에 무성한 돌탑들

창문 하나 없는 산중 돌탑은 염원의 성이다

저 웅장한 돌탑도

작은 돌멩이 하나가 축대이고 보면

깜깜한 안쪽과 빽빽한 바깥 사이에는

한없이 숙여진 머리들이 앉아

울퉁불퉁한 공덕을 지탱하는 것이다

탑은 무너질 때까지 쌓지 않는 것이 최선이다

많을수록 부족해지는 이상한 욕심은

돌 틈에 끼워 넣어라

멀리서 보면 고작 깔때기나 삼각뿔 같지만

가까이 가서 보면

쌓아 올리고 날아가는 소실점,
모든 탑은 꼭대기부터 허물어진다지만
사실은 오랜 기원이 머무는 곳이다

저 탑을 밟고 올라가면 날 수 있을까
나의 왕조는
볕 한번 들지 않는 돌탑 뒷면의 이끼로
번성 중이다

감자꽃

앉아 받는 밥상이 호사롭다는 시누이
꽃다운 나이에 대농가로 출가
시할머니까지 모시며 산 세월이
첩첩산중 밭고랑 같은데
수십 년 만에 받는 호강이
하필 병원 침대 위냐며
떨리는 수저로 감자조림을 뜨다 감자 꽃처럼 웃는다

한 철 휴식도 발 뻗지 못하던 그녀가
지친 몸 눕히고 두 다리 쭉 뻗은 건
달리는 트럭에서 굴러 풀숲에서 발견되고 부터인데
그것도 독거노인을 돌보러 가는 길이었다니

감자 포대를 실어주며 잡던 손
갑골문자 같은 무언이 마침내
허공을 돌아 절벽인데
해줄 거라곤, 굳어져 가는 다리를 기약 없이 주무르는 것
마비될 거라던 다리에서 순간

움찔, 깨어나던 감촉을 잊지 못한다

감자꽃 필 무렵 그녀가 일어섰다
품종개량 아삭이 고추가 불끈 약이 차고
청포도 알알이 기도처럼 영글었다
저기, 창밖 햇살이 사선으로 넘어와
병실 문을 열어젖히는 복도 끝에서
워커를 앞세운 그녀가
감자꽃처럼 웃고 있다

배번

　출발선은 없다 백색 레일 장애물 달리기 대회 출전 선수들이 부지기수다 전직 함바 사장 오 여사는 출근길 택시에 치여 기억이 반쯤 지워진 상태, 손가락 두 개 끊어 먹고 산재에 의존하는 우진정밀 정 반장과는 편의점 커피로 저무는 사이 어촌계 이장부인 반 여사는 바지락을 캐다 빠진 무릎 연골에 핀을 박고도 조금 사러, 물때만 따진다 우리 아들이 누군지 알고 지랄이야! 푹 꺼진 입으로 큰 소리 뻥뻥치는 팔십육 세 순덕 할매는 지체 장애 막내딸 없이는 화장실도 못 간다 극심한 편두통 및 오십 병증 소견으로 엉거주춤 이 대열에 합류하게 된 지천명의 강 여사, 5인실 중앙 침대에 다 죽은 혈색으로 똑똑 떨어지는 링거액을 물끄러미 바라보는데, 맑아서 데굴데굴 이 대열 몇 번째 선수일까 점쳐 보는 것인데, 어느 손모가지의 소행인지 십칠 년을 싹둑 잘라먹고도 스마트폰에 키득키득을 퐁당 빠트린 옆 침대 생머리의 분홍 발가락

　y병원 재활 병동에는 배번背番처럼 침대 하나씩을 등에 떠멘 장애물 달리기 선수들이 쉬지 않고 경기 중이다

110

숨은 방

　떠도는 사람들은 숫자의 방에 정처를 둔다 201 혹은 302 잡다한 도구들도 숫자 안에서는 임시의 물건, 떠다니는 잠을 빌려주는 방이 있다 영원한 건 없으므로 잠깐의 실종은 최선을 다해 온도를 높인다 하루에도 몇 번 올랐다 식는, 보증금도 계약금도 없이 단지 차가운 일탈이면 언제든지 살수 있는 방이,

　있다 도시 한복판에도 한적한 외곽에도 구불거리는 국도변 바닷가에도, 도로변 방에는 바퀴 소리가 세 들어 살고 바닷가 방은 파도 소리가 장기 체류 중이다 전입신고 따위는 떠도는 것들의 소관이 아니므로,

　없다 그 어떤 이름으로도 찾아올 주소가, 호적도 등본도 없이 이름을 감춘 사람들만 그림자처럼 드나드는 숨어 있는 방은 저녁도 없다 늦은 퇴근을 기다리는 밥상도 채널을 돌리는 잔소리도, 없다 가지런한 용품들만 줄곧 소멸을 기다릴 뿐

온도가 올라있는 방은 없는 방이다 밤이 되면 이상하게 사라지는 방들, 범람하는 소리들로 귀는 떠다니고 하수구를 빠져나가는 물소리는 비릿한 냄새만 키워 놓았다 층층이 꽉 찬 실종들 폐쇄회로는 익명의 사각지대, 녹화된 분량 속에서만 잠시 목격될 뿐이다

어떤 연보

산기슭 임 씨가 잔을 엎었다 외딴 적막이 막막했던지 외따로 갔다 마루 밑에서 개수대에서 차디찬 아랫목에서 빈 소주병만 뿔뿔이 옛 애인들처럼 훌쩍거린다

마흔이 넘도록 소주병이나 끼고 산 사내, 기록될만한 그의 행적은 어디에도 없다 주절주절 취한 날들과 삼키지 못한 헛말들만 웅성거릴 뿐, 다만 동네 구멍가게에서 흐릿해져 가는 그의 연보를 찾을 수 있었다

너덜거리는 노트 장마다 이어지는 추레한 자취들

휘갈겨 놓은 글자들은 저희들끼리 취해 있다 침 묻혀 넘긴 땟자국과 실랑이한 모양새들, 다급한 형태로 보아 취기로 내밀었을 체면이 전과처럼 붉다 쭉 그은 거절은 나중을 믿지 못한 거래였거나 서둘러 갚은 기록일 것이다 세월은 묵은 거래를 다소 탕감했으나 최근의 행적들은 내려갈수록 삐뚤다

젊은 웃음은 말짱했다 민낯도 동여매는 검은 액자 앞에서
밀린 외상값 대신 술이나 한잔 받고 가라는 구멍가게 정 씨,
투명한 술잔에 떨구는 마지막 한 방울의 이슬

삶의 어디 이처럼 세세한 연보가 있었을까, 몇 장의 노트
를 넘겨도 요약되지 않는 이 길고도 비틀거리는 연보는 주
정의 유일한 진술이었으므로 신빙성이 없다

둥근 힘

배고픈 것들은 밤에 눈이 부푼다 비루한 수염에 매달린 어린 새끼들, 어미 고양이의 둥근 후각에 부패한 골목의 냄새가 달라붙는다

시곗바늘을 묶어 놓고 놀던 아이들도 밥그릇 앞에서는 숙연해진다 어둑한 밥상이어도 좋고 맨바닥이어도 좋은 밥 한 그릇, 맨밥의 간을 맞추는 것도 그때 배운다

밥 주는 장소를 옮기자 어미는 갓 낳은 새끼들을 밥그릇 근처로 물어 나른다 어느 안락보다 자력이 센 밥그릇의 힘

둥근 젖을 먹은 새끼들이 둥근 잠을 잔다 야옹, 지켜보는 어미 고양이 제 앞발을 핥으면서 무심한 척하는 등이 둥글다

폐가의 봄

기다림도 오래되면
저렇게 기우는가
지붕도 담장도 기우뚱 저무는데
저 홀로 만발한 복숭아나무

뒷산 소쩍새만
목이 쉬도록
봄 다 지도록

해설·시인의 말

성영희의 시세계
—삶의 궁극적 긍정을 소망하는 심미적 감각과 사유

유성호(문학평론가, 한양대학교 국문과 교수)

1. 존재론적 긍정의 순간에 다다르는 언어

성영희 시인의 세 번째 시집『물의 끝에 매달린 시간』은 시인 스스로의 고유한 존재론과 함께 오랫동안 그녀의 몸과 마음을 관통해온 시간의 풍경을 담아내고 있다. 시인은 합리적인 아폴론적 질서를 넘어서 어떤 근원적인 흐름을 포착하고 형상화하는 사유를 역동적으로 진행해간다. 그 점에서 그녀의 시는 다양한 생명의 공존 원리를 모색하는 동시에 우리가 잃어버린 근원적인 것들을 상상하는 기록으로 다가온다. 그렇게 시인은 우리 시대에 필요한 궁극적 긍정의 에너지를 탐구하면서 시간의 연속체로서의 삶을 응시하고 있다. 섬세한 디테일을 편편마다 품으면서 스스로를 성찰하는 자기 확인의 속성을 탁월한 서정으로 보여주는 것이다. 그럼으로써 시인은 서정시의 자기 탐구적 성격을 충족하면서 다양한 사물들로 원심력을 펼쳐 가고 있는데, 그 원심

119

력의 끝에서 자신으로 귀환하는 과정을 통해 진정성 있는 자기 확인의 패러다임을 아름답게 들려준다. 요컨대 성영희의 시는 존재론적 긍정의 순간에 다다르는 언어로 도약하고 있는 셈이다. 이제 그 미학적 세계 안으로 한 걸음씩 들어가 보도록 하자.

2. 시간과 생명 탐구의 이중주

성영희의 시를 개괄하는 기본 형질은 시간의 흐름을 반영하는 데서 찾아진다. 우리는 그녀의 시를 통해 시간이 확연한 물질성을 갖춘 실체일 뿐만 아니라 '흐름'이라는 은유를 동반하는 관념이기도 하다는 것을 알게 된다. 그래서 시간은 그녀의 경험에 의해 작품 내적으로 구성되고 있으며, 우리는 시인이 고유하게 겪는 시간 경험을 따라 그녀의 시를 읽어가게 된다. 이렇게 지나온 시간에 관한 내밀한 기억을 바탕으로 한 그녀의 시는 고통과 그리움의 시간을 재구성함으로써 자기 확인의 서사를 하염없이 펼쳐 간다. 풍경과 내면의 접점을 통해 시 쓰기의 최종 지점을 향하는 것이다. 그때 시인은 가장 아름답고 애틋한 숨결로 발원하는 생명의 움직임을 바라보게 된다. 먼저 다음 시편을 읽어보자.

바다를 향하여 각주들이 달려 있다
표류하듯 떠 있는 문장의 귀환을 기다리다
녹이 슨 것들은 붉은 해가 된다

붉다는 것은 간절하다는 것

파란 종이에 둥둥 떠 있는 문장들을

저기 묶어두고 싶다

무게가 없는 습성들은 쉽게 가라앉지 못한다

물과 바람결이 섞여 만들어진

새파란 바다 한 장,

둥둥 떠 있는 문장들로 지중해 모래알을 읽고

수천 킬로 협곡에서 미처 빠져나오지 못한

바람의 발을 거든다

물속에도 쉼표가 있다

잘못 건너뛴 물의 뼈가

수평을 뚫고 솟아오르는 것은

바다의 중심도 흔들릴 수 있다는 것

무수한 포물선이

순간, 각주에 묶인다

떠오르지 않는 짐작 하나가

침몰 한 척을 품고 있다

가라앉은 것들의 이름을 불러 보는 동안

또다시 부유하는 몇 개의 인용

빈 각주에 묶어 둘 출렁이는 물결이 내겐 없다

진한 잉크 냄새만

시동始動으로 남을 것이다

—「각주」전문

　'각주脚註'란 본문의 한 부분을 설명하기 위해 글의 아래 부분에 따로 풀이해놓은 것을 뜻한다. 그러니 중심과 주변의 관계에서 보면 각주는 주변에 처하면서 동시에 중심을 해명하는 위치에 놓인다. 가령 시인은 바다를 향하여 달려 있는 '각주들'을 바라보면서 "표류하듯 떠 있는 문장"을 기다리다가 녹이 슬어버린 것들을 바라본다. 붉은 '녹'이 '해'로 몸을 바꾸는 순간 "붉다는 것은 간절하다는 것"이라는 마음의 전이 과정도 함께 펼쳐진다. 그때 "파란 종이에 둥둥 떠 있는 문장들"을 묶어두고 싶은 시인의 모습은 영락없이 시간예술로서의 서정시를 써가는 예술적 자의식에서 발원하는 것이다. 오랜 세월 물과 바람이 섞이면서 "새파란 바다 한 장"을 만들었고, 바다 위로 떠 있는 문장들은 물속에도 쉼표가 있고 바다의 중심도 흔들릴 수 있다는 것을 암시해준다. 바닷속으로 가라앉은 각주 같은 것들을 불러보는 동안 시인은 "부유하는 몇 개의 인용"을 통해 "진한 잉크 냄새만/시동始動으로 남을" 시간을 다시 묶어둘 것이다. 이처럼 시인은 '바다'라는 원형 안에 '문장'과 '각주'를 '잉크'로 써가면서 간절하게 부유하는 마음을 고백하는 것이다. '시인 성영희'의 탄생은 그렇게 바다라는 원형 속에서 이루어진 것이다. 말하자면 시인은 "물의 본거지는 얼마나 고요한 곳"(「물소리는 귀가 밝아」)임을 알기에, 그리고 "가장자리를 품고 더 많은 물결을 건디는 일"(「특효를 낚다」)이 시인의 책무임을 잘 알기에, 이러한 바다 서사를 정성스럽게 일구어 가고 있는 것이다. 다음은 어떠한가.

산은 편애가 없습니다

세상에 나무만 한 수도자가 있을까요

가는 것 두꺼운 것 어린 것 늙은 것

수종을 가리지 않고 밤낮 뿌리를 내립니다

가욱이 헐렁해지면 바람에 날아 갈까 봐

스스로 부실한 곳을 찾아 못 박는 거지요

한번도 자리를 옮긴 적 없는 가부좌

굳어버린 관절은

어린 새들의 요긴한 둥지가 되기도 합니다

산짐승들은 살림살이가 비루해도

불평으로 뒤척이거나 불편해하지 않습니다

장마에 쓸려나간 산자락에

인부들이 나무를 심고 있습니다

못이라도 박듯 자리를 고르고 발로 꾹꾹 밟아요

옆구리가 결리겠지만 내색 없이 안아주는 품

안개를 끌어다 덮고

풀벌레 소리를 끌어다 덮고

그 위에 검은 밤을 끌어다 덮으니 이불이 됩니다

오늘 밤 새로 이사 온 나무들은

아주 곤한 잠을 자겠지요

늙은 참나무 가지에

안간힘으로 버티는 빈집이 있어요

어린 가출을 기다리며

여름의 끝을 꽉 움켜쥐고 있는 곤충껍질들

겨울이면 제 몸의 물기를 모두 빼서

어린 생명들을 덮어주는 것도

나무들의 득도일 것입니다

긴 겨울 동안 흰 눈을 덮고

꽝꽝 못 박힌 나무들 좀 보아요

늦은 밤, 눈보라 뚫고 귀가한 아버지 같아요

—「못 박는 나무들」전문

이번에는 '산'으로 올라왔다. 산에는 세상의 가장 위대한 수도자인
나무들이 크기와 수령(樹齡)과 수종을 가리지 않고 제각기 뿌리를 내
리고 있다. 마치 집이 바람에 날아갈까 봐 못을 박는 것처럼 나무들은
제각기 자신들의 뿌리를 내린다. 그럼으로써 어린 새들이 깃들일 둥
지가 되어주는 것이다. 장마에 나무들이 쓸려나간 곳에 인부들이 심
은 나무들의 넓은 품은, 안개와 풀벌레 소리까지 끌어와 이불처럼 산
을 덮는다. 이제 나무들은 겨울이 되면 제 몸의 물기를 빼서 어린 생명
들을 덮어줄 것이다. 그렇게 겨울 내내 흰 눈을 덮고 못 박힌 나무들이

야말로 "눈보라 뚫고 귀가한 아버지" 같은 존재로 화한다. "바람의 집에 바람이 마를 때까지"(「바람의 집」) 생명을 길러낸 '나무-아버지'는 "돌멩이처럼 견뎠을/내 아버지 같은"(「몸의 전언」) 생명의 담지자(擔持者)가 된 것이다. 그 이미지는 "함께여서 더 눈부신"(「자작나무 숲으로」) 공존의 장(場)을 알려준 아름다운 존재론적 표지(標識)로 거듭나고 있다.

이처럼 성영희 시인은 시간과 생명이라는 거대한 의제(agenda)를 자신의 시 속으로 끌어들인다. 곧 그녀는 사물을 관통해가는 시간과 스스로의 존재를 견지해가는 생명의 힘을 관찰하고 표현하고 각인해간다. 특유의 낮은 목소리로 사물이 전해주는 역설적 이치에 주목하면서 그것을 다양한 타자의 시선으로 형상화해가는 것이다. 결국 그녀는 물리적 시간 자체를 중시하는 대신 사물의 고유한 존재 방식을 순간적으로 포착하는 데 주력하면서, 서정시가 씌어지는 순간이야말로 과거와 현재와 미래를 모두 통합한 현재형으로서의 형식을 뜻한다는 점을 집중적으로 보여준다. 그래서 그녀가 들려주는 '시적 순간'이란 오랜 시간이 반복되고 축적된 집중적 형식으로서의 순간이 아닐 수 없는 것이다. '바다'와 '나무'를 통한 시간과 생명 탐구의 이중주가 그 시적 순간에 아득하게 펼쳐지고 있다.

3. 소멸을 딛고 나아가는 존재 생성의 원리

그런가 하면 성영희의 시는 직접적 경험의 세계를 통해 세계의 비루한 이면을 비추어볼 수 있는 역상(逆像)의 기능을 충실하게 수행하고 있기도 하다. 그만큼 우리는 그녀의 시를 통해 구체적 시공간에서 빚어진 삶의 양상을 실감 있게 경험하면서 어떤 어둑한 힘에 의해 밀려난 경험적 실재들을 바라볼 수 있게 된다. 그만큼 그녀의 시는 그 안에 사물의 구체성과 결합된 삶의 형식을 적극적으로 품고 있다. 그래서 우리는 시간의 흐름을 형상적으로 암시해주는 이러한 풍경이 오로지 시적으로만 재구성되는 인위적 공간이 아님을 경험하면서, 동시에 그녀의 시가 실재와 대립하는 비실재를 결합시키고 실재와 환영(illusion)을 겹쳐놓는 균형적 힘을 가지고 있음을 알아 가게 된다. 우리가 그녀의 시에 들어가 흔연한 존재론적 소통을 함께 나눌 수 있는 것도 바로 이러한 그녀 시의 독자적이고 아름다운 속성 때문일 것이다. 그녀가 공들인 단형 서정시의 의경(意境)이 불러온 존재의 소멸과 생성 과정이 그러한 속성을 하염없이 충족해가고 있다 할 것이다.

분홍 꽃잎 하나가 요양병원

305호 바닥에 사뿐히 날아 앉았다

그녀의 기울어진 손가락 사이로

연둣빛 새싹들이 뾰족 얼굴을 내밀더니

아치형 다리 아래로 물이 흐른다

겨우내 얼었던 계곡이

물 가르마를 타고 마을로 내려온 것이다

웅크린 병실에

활짝, 봄 한 채 부려 놓고

먼 겨울 속으로 떠나버린 그녀

벚꽃의 낙화와 누군가의 병후(病候)가 겹치면서 '벚꽃 엔딩'은 소멸의 질서가 가져오는 생성의 아름다움을 노래하게 된다. 요양병원 병실 바닥에 하늘하늘 날아 앉는 "분홍 꽃잎 하나"는 그 자체로 계절에 따라 이울어가는 시간이기도 하지만, "연둣빛 새싹들"을 불러오는 생성의 시간이기도 할 것이다. 잔뜩 웅크린 병실에 "봄 한 채"를 부려 놓고 먼 겨울 속으로 떠나버린 '그녀'는 그 점에서 분홍빛 아름다움을 향원익청(香遠益淸)으로 전해주는 봄의 사제(司祭)인 셈이다. "벚꽃잎 하나 우표처럼 붙이고/공중을 떠도는 소리"(「벚꽃 편지」)가 들렸을 그때, 병실의 누군가도 새로운 봄날처럼 청신한 기운을 얻었을 것이다. 그렇게 성영희의 시선과 필치는 "긴 침잠의 시간을/한 방울 물의 소리로 깨워"(「시인의 말」)내는 힘을 가지고 있다. 아닌 게 아니라 "초록으로 번지는 빗방울들"(「카페라떼」)처럼 "줄 하나만 있으면 다 알아서 크는 최대용적률"(「빨래집게」)을 그녀는 아름답게 구축해낸다. "病은 멀리 보내 버리고/시만 데리고 가자/그게 시인으로 사는 길"(「시인 신달자」)이라는 말씀이 환청처럼 들려오면서, 소멸을 딛고 나아가는 존재 생성의 원리를 불러오는 시인의 손길이 환하기만 하다.

　　기다림도 오래되면

　　저렇게 기우는가

　　지붕도 담장도 기우뚱 저무는데

　　저 홀로 만발한 복숭아나무

뒷산 소쩍새만

목이 쉬도록

봄 다 지도록

―「폐가의 봄」 전문

성북동 길상사에 가면

성모마리아인 듯 부처인 듯

두 염원 하나로 모은

관세음보살상 있다

모든 조화와 융합이란

이렇게 맑고 온화한 것이라고

고요한 미소로 화답한다

―「염원」 전문

이 두 편의 서정시 또한 성영희의 단정한 사유와 감각을 선명하게
보여준다. 앞의 시편은 봄을 맞은 폐가에서 부르는 만가(輓歌)이자 새
로운 탄생을 예비하는 송가(頌歌)이기도 하다. 오래된 기다림이 기울
어 지붕으로 담장으로 한없이 저물어간다. 그런데 "저 홀로 만발한 복
숭아나무"만이 "뒷산 소쩍새"와 함께 봄날 다 가도록 "폐가의 봄"을 지
키고 있지 않은가. 남은 자들에 의해 폐가는 새로운 생성의 지점이 되
기도 한다. 뒤의 시편은, '염원'이라는 제목이 암시하듯, 성북동 길상사
에서 바라본 "성모마리아인 듯 부처인 듯"한 관세음보살상에서 "모든

조화와 융합"의 소망을 꿈꾸고 있는 작품이다. 맑고 온화한 조화와 융합이야말로 모든 존재자들이 "강물 속같이 투명에 이르는 일"(「장마」)이며 "지금까지의 헛것들을 결박이라도 하듯"(「말의 감옥」) 해방하는 힘일 것이기 때문이다.

이처럼 성영희는 소멸과 생성의 동시성을 노래하면서 이러한 양상을 매개하는 것이 다름 아닌 조화와 융합의 과정임을 알려 준다. 이때 그것을 가능케 하는 힘은 일상을 규율하는 합리적 작용이 아니라 현재의 삶에 존재하는 시간의 흔적을 재현하고 그때의 순간을 구성해 내는 상상적 작용 속에서 움튼다. 결국 성영희 시인은 동일성의 감각에서 구축되는 서정적 원리를 통해 모든 시공간의 균형적 공존을 아낌없이 찾아와 배열해간다. 그녀는 사물의 질서와 내면의 경험을 결합하면서 그 과정에서 발생하는 화음(和音)을 포착하는 데 진력하는 것이다. 동시에 그 유추적 형상과 논리를 통해 발화함으로써 풍경 사이로 비치는 비유의 그림자를 통해 세계내적 존재로서 살아가는 우리의 삶을 혼연하게 만나게 해준다. 소멸을 딛고 나아가는 존재 생성의 원리가 그러한 역설을 움직이는 근원적 힘이 되어준 것이다.

4. 삶의 기원과 궁극을 상상하는 서정시

마지막으로 우리는 성영희의 시가 우리 삶의 기원(origin)과 궁극을 상상하게 해준다는 점에 상도(想到)하게 된다. 말할 것도 없이 서정시는 '그때 그곳'에 대한 회상과 '지금 이곳'에 대한 인식을 통합한 순간적 점화(點火)의 상상적 기록이다. 이때 시인의 의식과 무의식에 숨겨져 있는 원체험은 시인의 언어와 생각을 지펴가는 생성적 거소(居所)가 되어준다. 성영희 시인은 자신의 원체험을 끊임없이 변형해가면서 동일성을 구성해가는데 이때 시인의 기억이 큰 역할을 하는 것은 매우 자연스러운 일이다. 원체험의 부단한 변형 과정이 서정시의 중요한 창작 원리가 되는 것처럼 그녀에게 지나온 시간이란 구체적 경험 속에 웅크린 천혜의 존재론적 토양이 되어주는 것이다. 그만큼 성영희의 시는 원체험과 그것을 되살리는 구체적 경험에 바쳐지고 있다. 다음 시편에서 우리는 그녀의 기억이 수행하는 그러한 기원 탐구의 여정을 만나게 된다.

홍성군 결성향교에 가면

아버지 같은 느티나무와

어머니 같은 팽나무가 양팔 벌려 반기지

하늘 향해 솟구친 느티나무는

아버지 굳은 의지와 같고

잔가지 사이사이 열매 품은 팽나무는

쓴 물 단물 다 내어주고 주름만 남은 어머니 같지

이슬에 부리 닦은 참새들이

햇살에 날개 펴고 날아오르듯

명륜당 마당에 쏟아진 달빛은

신발마다 발자국마다

길고 짧은 입신양명을 신기지

명륜, 이라 이름 밝혀 놓으니

인륜과 전당이 단번에 들고

활짝 열린 외삼문처럼

대성전 처마에서 늙어가는 막새처럼

온갖 눈비바람볕 꿋꿋이 받아내고

육백 년 수호하는 저 기백氣魄

간밤 늦은 꿈엔 헐벗은 팽나무에 새순 돋았지

파릇한 이파리 샛별처럼 반짝였지

— 「명륜明倫」 전문

'명륜明倫'이란 글자 그대로 인륜을 밝힌다는 뜻을 품고 있다. 시인의 기억 속에 "홍성군 결성향교"에는 "아버지 같은 느티나무"와 "어머니 같은 팽나무"가 늘 자신을 반겨주었다. 아버지의 굳은 의지를 환기하는 느티나무와 고생 끝에 남은 어머니의 주름을 연상시키는 팽나무는 마치 명륜당을 지키는 수호자들과도 같다. 명륜당 마당에 쏟아진 달빛이 이름 밝혀 놓은 '명륜'은 그렇게 "온갖 눈비바람볕 꿋꿋이 받아내고/육백 년 수호하는 저 기백氣魄"을 고스란히 보여준다. 이러한 기원의 발견 과정에서 '시인 성영희'의 "늦은 꿈"은 나무에 새순 돋고 샛별처럼 반짝이는 이파리들을 품게 된 것이다. 그렇게 뭇 존재자들의 "눈동자 끝까지 가서"(「묵어目語」) 발견한 시인 자신의 존재론적 기원은 "돌아오기 위해 다시 날아가는 것"(「정서진 연가」)이었던 셈이다.

물의 끝에서 시간은 시작된다

세상의 물줄기 그 끝에 매달려 있는 동굴의 시간

한 방울 물이 빚어낸 무수한 파편들 뭉쳐 있다

지금까지의 무한 초침이

캄캄한 동굴 안을 순筍의 왕국으로 만들고 있다

제 몸을 끊고 울리는 몰입으로

또 하나의 뿔을 만드는 완고한 단절

저 단파短波의 소리들이

웅숭깊은 받침 하나를 만들고 있다

좌대를 만들고 그 좌대 위에서 물이 자란다

끊어지고 부서지는 소리들이 키운

단단한 기둥,

물의 미라가 동굴에 순장되어 있다

뾰족한 짐승의 울음소리가

동그란 파장으로 번지는 동굴 안

한 줄기 빛이 물방울에 걸렸다

물의 끝에서 시간이 다 빠져 버리면

세상은 잔물결 하나 없는 대양이 될까

시간이 물로 돌아가는 회귀의 방울들

일 센티 종유석에 천 년이 살고 있다

— 「물의 끝」 전문

이번 시집의 표제가 숨겨져 있는 이 시편은 다시 '물의 끝'으로 돌아와 새로운 시간을 시작하는 시인의 의지와 다짐을 잘 보여준다. 세상의 물줄기가 모두 그 끝에 매달려 있는 '시간'은 캄캄한 동굴을 "순(筍)의 왕국"으로 만들어 준다. "제 몸을 끊고 울리는 몰입"은 단파(短波)의 소리들로 하여금 웅숭깊은 받침 하나를 만들게끔 해주는 것이다. "끊어지고 부서지는 소리들이 키운/단단한" 물의 기둥은 뾰족한 짐승의 울음소리로 번져가는데, 시인은 "한 줄기 빛이 물방울에" 걸리고 "물의 끝에서 시간이" 빠져나간 간극을 바라본다. 그렇게 시간이 물로 회귀해가는 순간에 오랜 시간이 담긴 종유석의 형상이 새로운 시간의 결정(結晶)처럼 다가오고 있는 것이다. 비록 "먼 우주에서 내려다보면/촘촘히 나는 반딧불이쯤으로"(『열대야 소고』) 보일 뿐이지만, 우리는 모두 "일생 준비만 준비하다 끝나는/죽음의 하청기관"(『준비 자세』)을 넘어 "마침내/허공을 돌아 절벽"(『감자꽃』)을 건너는 궁극의 순간을 맞이할 것이다.

이처럼 성영희 시인은 오래도록 스스로를 규정해왔던 시간의 결을 회복하고자 시를 써간다. 그러한 근원적 기억을 통해 자신의 존재론적 기원과 궁극을 구성하는 시 쓰기 과정을 보여주는 것이다. 이는 그녀로 하여금 강렬한 감각의 충동을 가지게끔 해주고, 우리는 그녀가 구체적 시공간을 삶의 비실재적 환유로 바꾸어가는 모습을 확인하게 된다. 결국 그녀는 삶의 자각 과정을 온축한 존재론적 발견으로서의 서정을 아름답게 구현하고 완성해간다. 그 과정에서 삶의 기원과 궁극을 상상하는 서정시가 쓰여지는 것이다.

5. 원체험과 현재형을 매개하는 심미적 기억

서정시가 이성으로는 포착할 수 없는 미학적 섬광(閃光)을 표현하는 언어적 양식임은 잘 알려진 사실이다. 성영희가 들려주는 낮은 목소리는 서정시가 구현할 수 있는 이러한 속성의 결정적 발화이자 기억의 현상학을 구성하는 음성이기도 할 것이다. 시인은 이번 시집을 통해 자신만의 미학을 설계하고 수행해가는 장인(匠人)으로 우리에게 훤칠하게 다가오고 있다. 이러한 성취는 자기 발견의 의지와 타자 사랑의 마음을 이루어가는데 그녀의 시에 착색된 존재론적 지향은 이러한 성찰과 연민의 성격을 동시에 띠고 있다. 그것은 인간과 인간 사이에 개재하는 친화적 정서나 행위를 총체적으로 표상하는 것이 아닐 수 없을 것이다.

나아가 성영희 시인의 이번 시집은 자신의 구체적 경험을 수습하면서 위무와 사랑의 정서적 책무를 수행하고 있다는 점에서 따뜻한 온기를 띠고 있다. 시인은 자신의 시를 감싸고 있는 사물들에게 귀를 세우고 그네들이 요청하는 근원적 차원을 사유해간다. 사물들의 소소한 움직임에도 조응하면서 그 문양(文樣)들을 하나하나 어루만지는 그녀의 넓고 깊은 품은 우리에게 각별하게 흘러 들어온다. 사물들의 근원적 소리를 탐침(探針)함으로써 그 안에서 잊혀지거나 흘려보냈던 타자의 목소리를 간절하게 듣는 시인은, 그 목소리를 때로는 울음으로 들려주면서 파생적 기억을 만들어가고 있다. 그 과정은 원체험과 현재형을 매개하는 심미적 기억의 알뜰한 성취라고 할 수 있을 것이다.

결국 성영희 시인은 의식과 무의식 속에 깊이 각인된 시간 경험을 새롭게 만들어가면서, 시간의 가파른 흐름을 삶의 불가피한 실존적 형식으로 받아들인다. 그러면서도 거기서 비롯되는 유한자(有限者)의 겸허함을 보여주고, 메말라가는 삶에 대한 확연한 역상(逆像)으로서의 매혹을 보여주고 있다. 중요한 것은, 그녀의 시에 나타나는 매혹이 가혹한 절망이나 달관으로 빠져들지 않고 세계내적 존재로서의 인간적 실존이 가지는 고유한 긴장과 성찰을 따뜻하게 제공하고 있다는 점일 것이다. 또한 그것은 소박한 자기 긍정으로 귀결되거나 시간 자체에 대한 한없는 미적 외경으로 나아가지 않고 시간의 흐름에 따라 마모되어가는 삶에 대한 궁극적 긍정을 소망하는 심미적 감각과 사유의 기저(基底)로 나타나기도 한다. 그래서 우리는, 오랜 시간 삶에 대한 지극한 관찰을 통해 다다른 존재론적 탐색의 모습을 선연하게 보여준 이번 시집『물의 끝에 매달린 시간』의 뚜렷하고도 돌올한 성취를 굳건히 딛고서, 성영희 시인의 시적 심연이 더욱 깊어져 가기를 마음 깊이 희원해 마지않는 것이다.

긴 침잠의 시간을

한 방울 물의 소리로 깨워 본다

구름과 별과 바람을 다 담을 수는 없어도

한 모금, 사발에 담긴 냉수이기를